LA DERNIÈRE BLAGUE

DU

VIEUX BRASSEUR,

DÉDIÉE A SES CONFRÈRES.

L'ÉLECTRICITÉ,

PAR

ULRIC DE B.

ANVERS.

IMP. L. GERRITS, RUE DE L'EMPEREUR, 60.

1864.

Y+

LA DERNIÈRE BLAGUE

DU

VIEUX BRASSEUR,

DÉDIÉE A SES CONFRÈRES.

L'ÉLECTRICITÉ,

PAR

ULRIC DE B.

35254

ANVERS.

IMP. L. GERRITS, RUE DE L'EMPEREUR, 60.

1861.

L'ÉLECTRICITÉ.

1re PARTIE.

I.

Au jour où du Très-Haut la sagesse suprême
De la création résolut le problème,
Il tira du néant et plaça dans les cieux
Cet essaim d'esprits purs invisible à nos yeux.
Pour la terre il créa des êtres plus solides,
L'un méchant, l'autre bon; mais tous au plus avides.
Puis il composa l'homme, amalgame incompris
D'aigle et de roitelet, de loup et de brebis;
Où le mal et le bien, le crime et l'innocence,
Comme deux ennemis, s'observent à distance,
Par un secret pouvoir l'un à l'autre enchaînés,
Et dans cette union à vivre condamnés.
Cependant les *neuf chœurs* (1) sur leurs harpes d'ivoire
Célébraient du Seigneur la puissance et la gloire,
Et faisaient retentir le céleste séjour
Des chants harmonieux du séraphique amour.
Les petits chérubins, exempts d'inquiétude,
Se berçaient mollement dans leur béatitude,
Et trouvaient le plaisir et la félicité
Dans une douce extase et dans l'oisiveté.

Mais il en fut là-haut d'un tel état de choses,
Ce qu'il en est sur terre et des lys et des roses
Dont l'éclat passager a de si courts instants :
Ce bonheur sans mélange eut bientôt fait son temps.
De la sainte demeure une porte entr'ouverte
Causa des chérubins la ruine et la perte,
Laissant un témoignage à la fois sûr et clair
Que l'esprit peut faillir aussi bien que la chair :
Que toute créature, ou subtile (2) ou palpable,
A quelque côté faible et de nature instable,
Et que *Lui* seul est fort et ne varie en rien
Qui sut fonder le mal pour établir le bien ;
Qui voulut que l'hyène, émule de la femme,
Eût au cœur un rayon de sa divine flamme,
Et, comme elle, eût l'instinct de la maternité,
Alliant la tendresse à la férocité.

De nos joyeux esprits continuons l'histoire ;
Mais pour n'avancer rien qui ne soit péremptoire,
Consultons prudemment sur ce chapitre-là
Les vieux écrits d'*Hénoch* (3) et de *Mathusala* (4).
A la tradition s'il faut qu'on s'en rapporte,
Par un manége adroit, la subtile cohorte,
S'esquivant sous les yeux de son ange gardien,
Vint s'abattre au sommet du mont *Hermonien*.
Est-il, me direz-vous, une géographie
Qui nous marque le lieu qu'ici l'on glorifie ?
Pour ne vous pas mentir et ne vous tromper point,
Les anciens parchemins sont muets sur ce point.
Mais si, me recueillant et regardant la nue,
J'abandonne mes sens à leur seconde vue,
Soudain à mon esprit se montre radieux
Du nouveau Canaan le pic mystérieux :
Comme apparut jadis aux regards de Moïse
Le plateau fortuné de la Terre promise,

Et comme sur la grève, aux abords périlleux,
Brille à l'œil du marin le phare lumineux,
Donnons de ce mirage une preuve éloquente.
Mathusala mourut l'an seize cent cinquante
De la création, ou, pour être précis,
Vers la fin de l'an *mil six cent cinquante six*.
Hénoch vint avant lui, par la raison qu'un père
Naît avant son enfant. Or, si je considère
Que le vieux patriarche à ses derniers moments
Accomplissait *neuf cent et soixante neuf ans*.
Ayant de son décès fourni la date sûre,
Je puis, Génèse en mains, résolument conclure
Que, bien constitué, le petit fils de Seth
Vit la lumière l'an *six cent quatrevingt-sept*.
Eh bien, lecteur, au loin ne voyez-vous pas luire
Cette roche escarpée où je veux vous conduire?
Comment! à l'horizon vous n'apercevez pas
Cette chaine de monts aussi hauts que l'Atlas?
Seriez-vous, par malheur, atteint de myopie?
Vous serais-je suspect de fanfaronnerie?

II.

Expliquons-nous. — Hénoch, de sang semi païen,
Reçut à sa naissance un cœur de vrai chrétien.
Son âme, inaccessible aux jouissances vaines
Que l'homme se procure au prix de tant de peines.
Sur sa femme et son Dieu concentra son ardeur,
Chérissant l'un et l'autre avec même ferveur.
Dieu le récompensa de cet amour extrême
En lui donnant un fils qui fut son portrait même.
Et ce fils bien-aimé qui d'aise le combla,
Je viens de vous le dire, eut nom Mathusala.

Hénoch même l'affirme en ces écrits célèbres
Que Bruce (5) recueillit au beau pays des Ghèbres (6).
Eden, où croit un vin plus doux que le tokai,
Et qui conserve encor son vieux nom de *Bombay*.
C'est sous ce ciel ardent que partout on renomme,
Où la femme est d'un sang à séduire un saint homme,
Que le grand patriarche, au comble de ses vœux,
Rédigea pour son fils ces mémoires pieux (7).
Ce livre, où l'auteur passe, en quelques emjambées,
De la création au temps des Macchabées,
Offre d'heureux détails, de charmants aperçus
Sur les gestes et faits des chérubins déchus ;
Mais si nous le suivons dans la longue épopée
Qu'il nous fait des esprits et de leur équipée,
A la cime du mont arrivant avec lui,
Pour nous, plus de retour : tous les chemins ont fui.
Certe, le patriarche, alors que plein de vie
Il quitta ce bas monde à la façon d'Elie (8),
Tout-à-coup s'éclipsant, (tel sous un gobelet
Disparait une bille ou quelqu'autre jouet)
Certe, il n'a pu prévoir qu'un indiscret touriste,
Dans ses excursions le suivant à la piste,
Indiquerait un jour au monde curieux
L'étroit sentier qui mène au mont mystérieux.
Mais nous l'avons trouvé, non sans un peu de peine,
Car j'en suis, je l'avoue, encor tout hors d'haleine.

Or, lecteur, écoutez le droit raisonnement
Que mon esprit soumet à votre entendement :
Puisque Saint Augustin, Saint Jérôme et Saint Jude,
Qu'on ne peut accuser de trop de promptitude,
Placent l'œuvre d'Hénoch au rang des livres saints,
Leurs avis sont pour nous des arrêts souverains ;
En fils obéissants sachons nous y soumettre,
Et, sans les commenter, les comprendre à la lettre.

Voici donc, mot pour mot, traduites du sanscrit.
Les lignes que j'emprunte au poudreux manuscrit.
 « Ce fut en ce temps là. Les chérubins rebelles,
 « Comme un joyeux essaim de jeunes tourterelles,
 « Suivent *Sémiaxas*, et bientôt les mutins
 « Ont pris possession des monts circonvoisins.
 « Jetons un voile épais sur ce triste désordre.
 « Un jour Dieu me choisit, dans sa miséricorde,
 « Pour rappeler au bien ces esprits égarés
 » Qui des filles d'Adam s'étaient énamourés (9). »
Ce *temps-là*, c'est du monde *onze cent et septante*.
Et pour moi cette date est la plus importante ;
Car, en la rapprochant des *monts circonvoisins*
Où vinrent se fixer nos esprits libertins,
Cette date et ces monts ensemble s'enchevêtrent.
Et brillants de clarté dans mon esprit pénétrent.
Si bien qu'au même instant je démontre A + B
Que le *mont* introuvable est *voisin* de Bombay.
Vous voyez, mes amis, ce que peut la logique
Allant de compagnie avec l'arithmétique ;
Grâce à leur bon accord, les choses du passé
N'ont plus rien de secret pour l'esprit exercé.
A travers les brouillards et la nuit des vieux âges,
Il remonte le cours des premiers temps sauvages,
Et, maître d'un passé qu'il a su conquérir,
S'éclairant du présent, il lit dans l'avenir.

III.

A peine les esprits ont effleuré la Terre,
Le Ciel a retenti d'un long coup de tonnerre ;
Le soleil a pâli ; d'horribles tremblements
Ont ébranlé le mont jusqu'en ses fondements ;
La voix de la tempête au loin mugit et gronde.
Que va-t-il arriver ? Est-ce la fin du monde ?

Voyez : l'astre du jour redevient radieux ;
Il sourit à l'hymen de la Terre et des Cieux.
Ce bruit, ce tremblement, c'est l'hymne, le cantique
De la matière unie à l'essence angélique ;
Mais aux yeux des humains cette étrange union
Est le reflet d'un rêve ou d'une illusion.
Le vulgaire, on le sait, d'épaisse intelligence,
Toujours pour l'inconnu fut plein de méfiance ;
Sourd au raisonnement, son faible esprit ne croit
Qu'à la chose qu'il touche ou la chose qu'il voit.
Ayant au fond du cœur l'étincelle divine,
S'il ne voit pas son Dieu, du moins il le devine ;
A part ce sentiment, tout autre point de foi
Le jette dans le trouble et dans le désarroi.
En vain, pour l'éclairer, on fait parler l'oracle,
Pour le persuader il lui faut un miracle :
Que la mer se dessèche, ou qu'en lettres de feu
Se montre étincelant le jugement de Dieu ;
Que, sans pain au désert et la bouche béante,
Il lui tombe du ciel une manne abondante ;
Succombant à la soif et se sentant fléchir,
Qu'il voie, à l'instant même, une source jaillir.
Oh ! alors son esprit se soumet et s'incline ;
La foi qui le saisit, l'étreint et le domine,
Et ses yeux, jusque là frappés de cécité,
Se trouvent, tout-à-coup, ouverts à la clarté.
Quand parmi les mortels transpira le mystère
De l'intime union du Ciel et de la Terre,
Il n'est malin propos, ni méchant examen
Par où ne dut passer le merveilleux hymen.
Voyons, se disait-on, en riant à l'oreille,
Ce qu'il résultera d'une union pareille ;
Quelle tournure auront les célestes marmots ;
Seront-ils, comme nous, construits de chair et d'os !

Auront-ils nos besoins, nos instincts, nos lubies?
Faudra-t-il les classer parmi les amphibies,
Le matin sur la rive et le soir sous les eaux,
Et mille quolibets côtés au même taux.
Cependant, sans user du moindre subterfuge,
Et par le seul effet d'un effort centrifuge,
La Terre mit au monde un fruit de son amour :
Au terrible Titan elle donna le jour.
Puis, s'aidant à loisir d'un mouvement diurne,
Plus tard elle accoucha d'un second fils : Saturne (10).
Au premier revenait, comme étant le plus vieux,
Les sceptres réunis de la Terre et des Cieux;
Mais s'il était écrit alors que la puissance
Devait être à jamais le lot de la naissance,
L'oracle avait prédit que l'empire écherrait
Au plus glouton des deux, et Saturne l'était.
De la création jusqu'au siècle où nous sommes
On a compris qu'il faut, pour gouverner les hommes,
Des individus forts de la tête et des bras,
Et pourvus, avant tout, de puissants estomacs;
Qui, dans l'occasion, voyant qu'on les contemple,
Des soins que l'on se doit, savent donner l'exemple;
Et, sans trop de malice, ont en eux le bon sens
De faire à leurs besoins contribuer les gens;
Mais qui rassasiés et faisant leur sieste,
Pour les pauvres à jeun ont toujours quelque reste,
Et veulent que le peuple, assouvissant sa faim,
D'un canon de faro puisse arroser son pain.

IV.

Titan docilement se soumit à l'oracle,
Et Saturne à ses fins arriva sans obstacle ;
Mais de commun accord un traité fut conclu
Assurant au premier le pouvoir absolu,

Au cas où le second vint à quitter l'empire.
Cette convention (je frémis à le dire)
Exigeait que Saturne à perpétuité
Renonçat pour ses fils au droit d'hérédité ;
Et pour le garantir d'enfantines caresses
Qui font qu'un père est faible et manque à ses promesses,
Le traité stipulait, en termes positifs,
Que ses fils, en naissant, seraient enterrés vifs.
Les beaux yeux de Rhéa versèrent bien des larmes ;
A chaque nouveau-né renaissaient ses alarmes ;
Mais ce qui l'épouvante et la remplit d'horreur,
C'est de voir son époux, impassible et sans cœur,
L'une avant, l'autre après, dévorer ses victimes.
Les grands ont des *raisons* pour excuser leurs crimes.
Et semblable raison, couvrant un attentat,
Se nomme en haut langage une *raison d'état*.
Nous, qui considérons les choses sans malice
Et les envisageons au point de la justice,
Nous ne comprenons rien à ces solutions
Qui règlent par le sang le sort des nations.
Mais ne nous mêlons pas de ces sortes d'affaires.
Occupons nous, brasseurs, à fabriquer des bières
Qui réchauffent le zèle, adoucissent les maux
Des nobles travailleurs courbés sous leurs travaux.
Ne jugeons pas des rois le côté politique.
Lorsqu'au bien de son peuple un monarque s'applique.
On lui doit d'oublier le plus sanglant méfait
Pour ne se rappeler que le bien qu'il a fait.
Ainsi d'un vif éclat brille au temple de gloire
Le nom de ce héros si fameux dans l'histoire.
Qui sut ployer l'orgueil des plus fiers potentats
Et de leur patrimoine agrandir ses états.
Peut-on nommer héros qui ravage la terre ?
Le brasseur vous répond dans son langage austère :

Le despote est absout par la postérité,
Grâce au code immortel que lui-même a dicté.
Saturne, si vorace et d'humeur si sauvage,
Est encor de nos jours le type du roi sage.
Et du fils d'Uranus le règne fabuleux
Sera glorifié par nos derniers neveux.
Mais suivons ce bon roi de près à la manœuvre;
Car, pour juger des gens, il les faut voir à l'œuvre.
Donc, pour vous répéter ce que la Fable en dit,
Saturne était doué d'un énorme appétit;
Mais j'ajoute, à regret, que ce brave et digne homme,
Pour être grand mangeur, n'était pas gastronome;
Non pas qu'il dédaignât un mets bien apprêté,
Mais tout était mangeable à son avidité.
Cette absence de goût, déjà très regrettable
Chez qui n'a qu'un potage à mettre sur sa table,
Est pour un souverain la pire infirmité,
Le rendant un sujet de la malignité.
Et pour élucider ici mon apophthègme,
Sans quitter d'un blagueur l'imperturbable flegme,
Je vais conter le plat qu'un jour, en son courroux,
Rhéa servit tout chaud à son vorace époux.

V.

Un matin, s'éveillant, Saturne dit à Rhée :
Ta layette, ma chère, est-elle préparée ?
Je n'aperçois céans ni coiffe, ni chaussons
Qui se puisse ajuster au futur nourrisson.
Pour la neuvième fois ton pâle satellite
Autour de ta planète a décrit son orbite.
L'heure est là. Cette voix, qui la vient effrayer,
Lui paraît le clairon du jugement dernier.
Soudain elle se lève, et, d'un regard farouche,
Envisageant Saturne étendu sur sa couche,

Elle a, d'un tour de main, enlacé son corset
Qu'elle couvre aussitôt de quelqu'autre affiquet.
« Monstre, de ton contrat observe bien les clauses :
« J'emporte mon enfant ; poursuis-moi, si tu l'oses.
Elle court, et Saturne, un moment interdit,
Croit qu'avec la parole il a perdu l'esprit.
Mais déjà la stupeur a fait place à la rage.
Il sent naître en son cœur un goût anthropophage.
Ses ordres sont donnés, et devant lui bientôt
Se présentent tremblants sa femme et son marmot.
N'écoutant ni les pleurs ni les cris d'une mère,
Il empoigne l'enfant dont il sait qu'il est père,
Et, sans l'examiner, il vous l'avale net,
Comme d'un carpillon eût pu faire un brochet.
Le moutard y passa, camisole comprise.
Mais voyant son épouse à ses ordres soumise,
Saturne regretta d'avoir mangé son fils,
Et son front s'éclairant d'un gracieux souris,
Pardonne, lui dit-il, à cet excès de zèle ;
Tu m'as vu, comme prince, à mes serments fidèle,
Et, ce devoir rempli, je suis à tes genoux
L'amant le plus sincère et le plus tendre époux.
Oublions sur le trône un moment de discorde ;
Jouissons des beaux jours que le ciel nous accorde,
Et, docile à mes lois, tu verras le destin
Prolonger à jamais mon pouvoir souverain.
Cette farce, on le voit, fut assez bien jouée.
Voyons comme, plus tard, elle s'est dénouée.
Lorsqu'au bout de neuf mois, dans son plus simple atour,
Un deuxième héritier vint se montrer au jour,
Saturne est là, semblable au vieux chat qui s'apprête
A saisir la souris au seuil de sa cachette,
Et le nouveau venu s'est à peine montré,
Que l'ogre, qui l'attend, l'a déjà dévoré.

Trois fois ce jeu cruel vint attrister Cybèle (11);
Mais entre les époux cessa toute querelle :
Le ciel de tant d'horreur à la fin révolté,
Sut affranchir Rhéa de sa fécondité.
Dès lors tout fut au mieux dans le divin ménage;
Les jours s'y succédaient sans ombre et sans nuage;
Pour la seule Rhéa Saturne avait des yeux,
Et les mortels pouvaient se débrouiller entr'eux.
Cependant vers la Terre un jour tournant sa face,
Et plongeant ses gros yeux au hasard dans l'espace,
Saturne vaguement crut distinguer de loin
Les Titans, père et fils, qui lui montraient le poing.
Que diable ! se dit-il, peut me vouloir mon frère ?
Quelle mouche le pique et le met en colère ?
N'ai-je pas envers lui rempli fidèlement
Ma royale promesse et tenu mon serment ?
Peut-être que jaloux de ma grandeur suprême,
Ne m'ayant qu'à regret cédé le diadème,
L'ambitieux aspire aux honneurs souverains.
Titan, mon cher aîné, tes efforts seront vains.
Dominant tes pareils du haut de l'Empyrée,
S'ils reniaient un jour la foi qu'ils m'ont jurée,
Mon bras puissant, sur eux prêt à s'appesantir,
Saurait d'un noir oubli les faire repentir.
Mais, que vois-je ? la bande est prête à l'abordage;
Elle a mis mont sur mont, étage sur étage;
Par ces monstres hideux le ciel est envahi.
J'ai tout compris. Rhéa, c'est toi qui m'as trahi.
Tout-à-coup des Titans l'effroyable cohorte
Des cieux mal défendus vient ébranler la porte.
Tous entrent pêle-mêle au céleste séjour,
Et le pauvre Saturne est perdu sans retour.

VI.

Que le sort est changeant ! Un jour il vous caresse ;
Tous les biens sont à vous, honneurs, gloire et richesse ;
Ouverte aux gais Plaisirs, inaccessible aux Pleurs,
La vie est un chemin tout émaillé de fleurs
Qui du roc tarpéien conduit au Capitole.
Mais bientôt l'inconstant renverse son idole :
Vous planiez au sommet et l'on vous voit soudain
Rouler du haut du pic jusqu'au fond du ravin.
Par un même retour, cette main implacable
Le jour suivant vous aide à monter au pinacle.
Et ce revirement vient ainsi démontrer
Qu'il n'est jamais trop tard pour se récupérer :
Qu'assis au tapis vert où son démon l'enchaîne,
Un joueur bravement doit affronter la veine,
Et, par un coup fatal, s'il perd son dernier son,
Se pendre est d'un niais et se noyer, d'un fou.
Saturne noblement abandonna l'empire,
Emportant, pour tout bien, sa vide tire-lire.
Au rebours de ces rois qui, pour l'évènement,
Ont fait de leur épargne un secret placement,
A vivre au jour le jour et sans inquiétude,
Saturne avait borné ses soins et son étude,
Et le moment venu de plier son paquet,
Il n'avait pas vaillante une obole au coffret ;
Et, d'intuition, estimant qu'en voyage
On s'embarrasse à tort d'un trop nombreux bagage,
Il partit sans effets, à la garde des dieux,
S'appuyant sur sa femme et son rotin noueux.
Quittons au même instant le céleste domaine,
Et suivons les époux dans leur course lointaine ;
Mais pour ne nous pas perdre à marcher au hasard,
Examinons ici notre point de départ.

L'Olympe est sous nos pieds, et sa base relie
Les champs de Macédoine aux champs de Thessalie.
Dans les plaines d'ouest s'étend le Vélutza ;
Au sud, sur l'horizon se dessine l'Ossa ;
Au sud-est, Pélion, d'où plus tard Encelade
Osa tenter des cieux la scabreuse escalade.
Bon ; si par ce chemin on peut monter aux cieux,
Par ce même chemin on descend de ces lieux.
Nous voilà sains et saufs au bas de la montagne.
Traversons lestement cette aride campagne
Qu'illustreront un jour les féroces combats
Du *bâtard* (12) de Philippe et d'autres fiers-à-bras.
Mais halte, mes amis, aux rives du Pénée
Qui baigne du *vailon* (13) la terre fortunée ;
Là nous attend l'esquif qui doit sous d'autres cieux
Conduire en sûreté le couple malheureux.
Que l'on repose bien sur cette herbe fleurie,
Et que de doux pensers on a l'âme attendrie,
Quand, du bosquet voisin, refuge des amours,
Retentissent les chants des ailés troubadours.
Sur ces bords enchantés qu'une rime est facile !
Qu'on m'y prête un instant la lyre de Virgile,
Et je veux, autre Orphée, en tirer des accords
Qui transportent les rocs et réveillent les morts.
Mais le temps est marqué pour mon pèlerinage ;
Je ne puis en ces lieux m'arrêter d'avantage.
La barque est à Baba (14) prête à quitter le port :
Tâchons de la rejoindre et prenons place à bord.
L'esquif s'est mis au large en déployant ses voiles ;
Le prudent nautonier consulte les étoiles.
En route. Un vent léger, soufflant du nord-ouest,
Nous pousse heureusement du côté du sud-est.
La barque sur les flots savamment dirigée
Traverse comme un trait la vaste mer Égée (15).

Evitant avec art mille écueils sous-marins,
Effroi du nautonier novice en ces chemins.
Le nocher maintenant peut naviguer à l'aise :
Nous dépassons l'Eubée (16) et le Péloponèse (17);
Les Cyclades (18) au loin ont disparu des eaux,
Et Cythère (19) déjà s'abime dans les flots.
Bientôt à débarquer qu'ici chacun s'apprête;
Nous allons aborder au rivage de Crète (20).
Sur la plaine liquide on voit pointer l'Ida.
A tribord, timonier, doublez le cap Spada,
Puis filez à babord, et le lecteur devine
Que je le conduis droit aux plaines de Gortyne (21),
Et que, pour l'y guider, on le débarquera
Au fond de certain golfe ayant nom Massara.
Abandonnons Saturne au destin qui le mène,
Sans trop nous alarmer de sa secrète peine;
Le cœur, comme l'esprit, se forme à la douleur,
Et la meilleure école est celle du malheur.

VII.

Des Titans, cependant, la horde vagabonde
D'un cruel brigandage épouvante le monde ;
Les peuples éperdus, fuyant d'affreux excès,
N'ont pour dernier abri que le fond des forêts.
La campagne est déserte, et le sol si fertile
N'offre plus aux regards qu'une terre stérile ;
Car le soc acéré qui sillonnait les champs,
Est un fer homicide aux mains de nos forbans.
Où donc aboutira cette horrible tûrie
Qu'anime de son souffle une sombre furie ?
A la chute du trône, entraînant avec lui
L'entourage sanglant qui lui servait d'appui.
Car, si dans ses décrets, toujours impénétrables,
Le Grand Juge parfois épargne les coupables,

Sa justice, inflexible au jour des châtiments,
Frappe d'autant plus fort qu'on l'offensa longtemps.
Voyons à vol d'oiseau ce qui se passe en Crète.
Là, bêtes comme gens, tous ont un air de fête :
Le bœuf, d'un pas pesant et les flancs arrondis,
Foule, rassasié, ses herbages fleuris ;
Du taureau pétulant la paisible femelle
Présente à la vachère une pleine mamelle,
Tandis que sur les bords des limpides ruisseaux
Les vigilants bergers surveillent leurs troupeaux.
Distinguez-vous, au loin, ce grave personnage
Respirant le grand air sous cet épais feuillage?
Sa démarche superbe et son geste hautain
Annoncent de ces lieux le maître souverain.
Je ne me trompe pas : à ce front taciturne,
A cette énorme bouche on reconnaît Saturne.
Son calme insouciant et sa rotondité
Témoignent qu'au malheur son âme a résisté,
Et que, dans sa disgrâce, elle fut assez forte
Pour vaincre le chagrin et le mettre à la porte.
Près de lui nous voyons la fidèle Rhéa,
Bon ange que le ciel exprès pour lui créa.
Ses traits n'ont pas changé. Quelque ride, peut-être,
Sillonne son beau front et lui rappelle, en traître,
Que toujours la beauté fut sujette du Temps,
Et, fleur, comme une fleur passe avec le Printemps.
Observons maintenant tout au bout de la plaine
Ces quatre enfants des dieux courant à perdre haleine.
Vers nos heureux époux ils dirigent leurs pas;
Sachons quel est l'objet de leurs joyeux ébats.
Les voilà réunis et tous les six ensemble.
Le hasard seul, peut-être, en ce lieu les rassemble;
Mais Rhéa va parler, écoutons son discours,
Car nous ne saurons rien si nous jasons toujours.

—Junon, ma chère enfant, vous voilà bien joyeuse;
Quel changement! Hier vous étiez si rêveuse.
— Les jours, vous le savez, bonne mère, ici bas
S'ils se suivent, pourtant ne se ressemblent pas.
Jupiter nous a tous fait rire à chaudes larmes;
Pour détrôner notre oncle il va prendre les armes.
— Riez, riez, ma sœur, et riez aux éclats,
De tout ce que j'ai dit, je ne me dédis pas.
Je veux reconquérir le trône de mon père,
Auprès de son époux y voir briller ma mère;
De l'Olympe usurpé chasser les fiers Titans,
Et délivrer les Grecs de leurs cruels tirans.
— Voilà bien, je l'avoue, un projet magnanime :
Tu veux rendre à ton père un pouvoir légitime,
Et punir de ta main un lâche usurpateur;
De tels exploits, mon fils, sont dignes d'un grand cœur.
Mais as-tu calculé, dans ta vaillante audace,
Ce qu'il faut de guerriers, s'élançant sur ta trace,
Pour investir l'Olympe, et combien il en faut
Pour le réduire en cendre ou le prendre d'assaut?
Où sont ces légions qui suivront ta fortune?
— J'ai pour me seconder et Pluton et Neptune.
— Vous ne serez que trois pour frapper ce grand coup?
Ai-je bien entendu? Jupiter es-tu fou?
— Non, je ne suis pas fou; mais dans la circonstance
Notre intérêt commun m'oblige à la prudence.
Je connais du Destin l'irrévocable arrêt,
Souffrez que je me taise et garde le secret.

FIN DE LA 1re PARTIE.

DEUXIÈME PARTIE.

L'ÉLECTRICITÉ.

2ᵉ PARTIE.

I.

Une émanation de nature subtile
Et, bien que redoutable, éminemment utile,
Dont la source est au sein de la Divinité,
Vous dirai-je son nom ? c'est l'*Electricité*.
Ce fluide secret (1) qui partout s'insinue,
Paisible au cœur du roc, turbulent dans la nue,
Pressé, surexcité dans son expansion,
Est un agent de mort et de destruction.
Mais qu'un léger zéphir de son souffle timide
Eveille doucement l'irritable fluide,
Rien ne décèle en lui ce pouvoir destructeur
Qu'il exerce parfois avec tant de fureur.
Ainsi que du soleil l'éclatante lumière
Projette ses rayons sur la nature entière,
Le fluide électrique, invisible à nos yeux,
Comme un flot bienfaisant se répand en tous lieux.
Dans l'inerte semence il rappelle la vie ;
Au moment du réveil, l'aide et la fortifie ;
Et quand, grâce à ses soins, à ses attentions,
La graine a complété ses transformations,

Le fluide affaibli par un effort suprême,
Saura se retremper dans son essence même,
Et, par ce tour heureux dont il a les secrets,
Ressaisir son avoir avec les intérêts.

L'air est un composé d'*azote* et d'*oxygène* (2) ;
L'un est vivifiant (3), l'autre à la mort nous mène (4).
Et ces deux composants ne pouvant se souffrir (5),
L'*acide carbonique* est là pour les unir.
Mais ce faible lien que leur offre l'acide
Pour établir entr'eux une union solide,
Est nul en ses effets : semblable liaison
N'a rien que les dehors d'une *combinaison*,
Et l'on étranglerait la savante phalange,
Qu'elle crirait encor que ce n'est qu'un *mélange*.
Puisqu'un avis contraire ici ne prévaudra,
Combinaison, mélange ou tout ce qu'on voudra,
Observons les trois gaz dans leur triple alliance.
Ainsi constitué, l'air aspiré s'avance,
Traversant le *larynx* (6) et son prolongement
Que nous nommons *trachée* (7) académiquement.
Jusqu'ici tout va bien ; mais, poursuivant leur route,
Soudain nos compagnons sont en pleine déroute ;
L'un des trois disparait ; le restant du trio
A son tour se débande, et, dans son vertigo,
De la trachée-artère ayant atteint le faite,
Par l'humide larynx opère sa retraite.
Que s'est-il donc passé dans ce sombre séjour ?
Pourquoi seul l'un des gaz n'est-il pas de retour ?
Permettez-vous, lecteur, qu'ici l'on examine
Ce que fait l'oxygène au fond de la poitrine,
Et pourquoi les deux gaz qui lui donnaient la main,
Ont dû battre en retraite et rebrousser chemin ?

Je vais vous expliquer ce surprenant mystère.
L'air inspiré, passant par la trachée-artère
Et pressé du dehors par un jeu de clapet
Exactement semblable à celui d'un soufflet,
Arrive en toute hâte au fond de la besace
Où l'avide *poumon* (8) tient la première place.
D'un sang épais et noir cet organe engorgé
Par notre triple gaz est bientôt submergé.
Alors... Oh! que n'osé-je, en ma ferveur badine,
D'un coup de bistouri vous ouvrir la poitrine,
Et, par ce trou béant, à la clarté des cieux
D'un spectacle si grand rassasier mes yeux!
Le sang noir, on le sait, du moins je le suppose,
Subit dans le poumon une métamorphose
Que nos savants du jour dans leur obscur fatras
Expliquent d'autant mieux qu'on ne les comprend pas.
Moi, qui n'ai pas vieilli sur les bancs de l'école,
Mais toujours au travail ai payé mon obole,
Je vais, comme *brasseur*, et sans prétention,
Eclaircir de mon mieux le cas en question.

Dans nos sombres *germoirs*, (9) quand, sur la froide dalle,
Insensible et glacé, l'humide grain s'étale,
Et que, se pénétrant d'une douce chaleur,
Il renait à la vie et sort de sa torpeur,
Aux yeux de l'ouvrier qui l'observe en silence,
De la graine en travail un petit jet s'élance,
Et ce petit jet blanc qu'à peine on aperçoit,
Prend des airs de racine à mesure qu'il croit.
Tous nos grains ont bientôt poussé leurs *radicelles*,
Qui, faute d'un appui, vont s'enlacer entr'elles,
Et si bien se mêler, si bien s'entortiller,
Qu'à peine le *malteur* les pourra débrouiller.

Mais l'ouvrier qui veille et sait que la semence
Dans ce moment critique a besoin d'allégeance,
Aussitôt la retourne avec un soin jaloux,
Et le dessus du tas soudain passe dessous ;
Et si, se desséchant par ce remû-ménage,
Le grain trop altéré demande un prompt mouillage,
Le vigilant malteur qui connait son devoir,
Déposera la pelle et prendra l'arrosoir.
La graine, cependant, que la nature excite,
Dans son humide couche et se gonfle et s'agite,
Et telle, en ce moment, est sa fougueuse ardeur,
Que bientôt tout son corps s'est couvert de sueur ; (10)
Car l'innocente croit que le devoir l'oblige,
Au germoir, comme au champ, à nous montrer sa tige,
Et ne se doute pas, dans sa profonde erreur,
Que son malheureux sort est aux mains du malteur.
Ici peu nous importe où son destin l'entraine ;
Dans son état présent examinons la graine.
L'orge était fort pesante et de tout premier choix ;
Voyons ce qu'au *maltage* elle a perdu de poids.
Sans vouloir à vos yeux me poser en Barème,
J'affirme qu'il lui manque à peu près un vingtième (11),
Et j'ai dans mon calcul, qu'on ne recusera,
Tout compté : germage, eau, brisure et cœtera.
Nous sommes donc d'accord. Bon. Mais, dans l'occurence,
Où retrouver le grain qui manque à la balance?
Vous rirez donc toujours, gens de petite foi !
Tout blagueur que je suis, aujourd'hui croyez moi.
Savez-vous ce qu'un grain renferme d'*oxygène*,
De *carbone, d'azote* et combien d'*hydrogène?*
On peut être honnête homme et même des mieux nés,
Et n'en savoir au plus qu'aussi long que son nez.
L'ignorance jamais n'est imputée à crime ;
Le plus simple d'esprit a droit à notre estime ;

Mais il faut qu'ignorant, il soit de bon aloi,
Et ne veuille de tout nous dire le pourquoi.
Rien n'est plus agaçant qu'un raisonneur stupide
Ayant le ventre plein et la cervelle vide,
Venant à tout propos au milieu des débats
Fatiguer l'auditeur d'un savoir qu'il n'a pas.
Avouons, sans rougir, ici notre ignorance,
Et, dans notre embarras, consultons la science.

II.

Si j'ai bon souvenir, le savant Boussingault
Qui de maint amalgame illustra son fourneau,
Prenant pour unités d'invisibles atomes,
Trouve, en carbone, dix de ces petits fantômes
Dans l'orge ; en hydrogène, azote y compris, deux ;
En oxygène neuf ; — pesage scrupuleux (11').
Quand l'orge transformée a poussé sa plumule
Et prend le nom de *malt*, le chimiste calcule
Que l'azote du grain, naguère évalué,
Ainsi que l'hydrogène, a peu diminué ;
Mais avec même soin repesant l'oxygène,
Le poids sensiblement fait pencher la romaine ;
Le carbone, à son tour, soumis aux mêmes lois,
Est beaucoup plus léger qu'il n'était autrefois.
Ces manquants constatés d'une façon lucide,
Boussingault des derniers élabore un acide,
Unissant par moitié le carbone exilé
A l'oxygène en fuite, et l'acide est bâclé. (12')
Voilà comme, au germoir, le savant nous explique
La naissance du *gas acide carbonique ;*

4

Nous démontrant pourquoi, liés intimement,
Ses auteurs pèsent moins que pris isolément (12).

Cette formation du gaz non respirable
S'opère en nos poumons d'une façon semblable;
Mais pour la bien saisir sous ce nouvel aspect,
L'avis du médecin ne peut être suspect.
J'entends par *médecin*, non de ces gens en vogue
Qui de prescriptions ont tout un catalogue,
Et, pour nous endormir ou pour nous faire aller,
Ont un remède prêt qu'il nous faut avaler.
Le médecin, pour moi, c'est le savant chimiste,
L'opérateur habile et physiologiste
Qui se présente à nous, le scapel à la main,
Pour nous couper un membre ou nous ouvrir le sein;
Qui, pareil au hibou, voyant dans les ténèbres,
Pourrait nous redresser, au besoin, les vertèbres,
Si, dans une embuscade ou quelque mauvais trou,
Nous venions, par malheur, à nous rompre le cou.
Enfin qui, sans raison, jamais ne nous torture
Et, dans les cas douteux, laisse agir la nature,
N'ayant pour nous guérir de mille petits maux
Qu'un innocent clystère et quelques doux pruneaux.
Voilà le médecin qui dans la circonstance
Nous prête son savoir et son expérience,
Et, sans qu'il soit besoin de nous percer le flanc,
A nos yeux fera naître et circuler le sang;
Qui va de son flambeau nous éclairer la scène
Où se produit dans l'ombre un si grand phénomène;
Et, nous servant de guide ou plutôt de cornac,
Va nous accompagner au fond de *l'estomac*. (13)
C'est d'ici, dira-t-il, qu'ensemble et pêle-mêle
Nos aliments broyés vont à *l'intestin-grêle*, (13)

Commo l'orgo moulue, arrivant du grenier,
Pour sa conversion passo au fond du cavier.
Ensuito il vous dira quo la *lymphe* et lo *chyle* (14)
S'étant purifiés do leur amèro *bile*, (15)
Par cent canaux divers et dos plus tortueux
Iront offrir au *cœur* (16) leur mélango visqueux.
En co moment, surtout, ouvrons bien nos oreilles,
Car nous allons ouir d'incroyables merveilles;
Lo chylo, d'abord blanc, en arrivant au cœur
Aura changó do nom, d'aspect et do couleur.
C'est du *sang* maintenant aussi noir quo l'ébéno;
Mais tranquillisez-vous : arrivo l'oxygéno
Qui do l'air aspiró so détacho à l'instant,
Et notro sang du noir passo au rougo éclatant.
Ainsi quo deux amants qui n'ont qu'uno mémo âmo,
Oxygéno et carbono ont confondu leur flammo,
Et, dans un doux transport do leur affinité,
L'un dans les bras do l'autro aussitót s'est jetó (*).
Mais l'oxygéno ainsi s'unissant au carbono
Quo la nutrition au sang noir abandonne,
A peino s'accomplit l'intimo liaison,
Un gaz asphyxiant inondo lo poumon
Qui, pour so dégager do co flot mortifèro,
Lo refoulo au dehors par la trachéo-artèro.
Notro docteur pourrait, étant en si bon train,
Jusques au fond du cœur vous mener par la main,
Et vous montrer à nu co curieux viscèro
Chassant lo sang veineux dans l'uno et l'autro artèro,
Et produisant ainsi co régulièr tic tac (17)
Qui dans un cœur ému bat ab hoc et ab hac.
Mais un pareil écart sur un terrain si vaguo
Prolongerait encor mon éternelle blaguo,
Et jo vois trop, lecteur, à votro air empesé,
Quo j'ai do votro accueil déjà trop abusé.

Sachons ce que devient ce produit méphitique
Que la science nomme acide carbonique,
Et que forme un amas de tant d'exhalaisons,
Qu'à la fin, c'est lui seul que nous respirerons.
Car, s'il est établi que tout ce qui respire
A besoin d'oxygène et de l'air le retire,
Cette source de vie où chacun va puiser,
Doit nécessairement finir par s'épuiser.
C'est ici qu'on vous tient, triste philosophie,
Qui donnez au hasard la puissance infinie,
Et, dans vos sots calculs, heurtant notre raison,
Méconnaissez la loi qui régit le poumon.
Je voudrais bien savoir, insensé fataliste,
Chez quel apothicaire ou quel autre droguiste
Vous iriez vous pourvoir, dans un moment fatal,
De ce fluide pur qui se nomme *air vital*.
Heureusement pour nous que celui qui tout mène,
Ne vous consulta point quand il fit l'oxygène;
Jamais, vous écoutant, notre espèce aux abois
Eut-elle atteint cinq mil huit cent soixante-trois?
Si tout n'est pour le mieux sur la machine ronde,
Et qu'aux champs, comme ailleurs, la mauvaise herbe abonde,
Toujours est-il certain, tant qu'il plaira là-haut,
Qu'ici-bas le bon air ne nous fera défaut.
Vous, qui vous proposez d'insolubles problèmes,
Et vous creusez l'esprit à chercher des systèmes,
Voulez-vous retrouver le calme de vos sens?
Allez, par un beau jour, vous promener aux champs,
Et tachez, s'il se peut, d'y devancer l'Aurore.
Dans les bras du Sommeil que tout repose encore;
Qu'aucun chant, aucun cri n'ait acclamé le jour;
De Phébus en silence attendez le retour.

L'astre brillant à peine ouvrira sa carrière
Et vous éclairera de sa vive lumière
L'herbe que vous foulez sous vos pieds a gémi,
Et la feuille sur l'arbre a doucement frémi.
Nul zéphir, cependant, n'a paru dans la plaine;
Eole les enferme et les tient à la chaîne;
Et les limpides eaux du rustique abreuvoir
Vous montrent leur cristal uni comme un miroir.
Avez-vous entendu cet étrange murmure
Qui sort en ce moment du sein de la verdure?
Et vos yeux ont-ils vu ce mouvement d'éveil
Dont la plante est saisie à l'aspect du soleil? (17)
A genoux, pauvre athée, et, d'une âme attendrie,
Reconnaissez la main qui dispense la vie,
Et, vous joignant à nous, qu'un hymne solennel,
Ainsi qu'un pur encens, monte vers l'Éternel.

III.

Maintenant que l'erreur a fui votre cervelle,
Et que l'amour du vrai dans vos yeux étincelle,
Je puis, avec espoir d'être par vous compris,
Vous expliquer les faits qui troublent vos esprits.
L'histoire naturelle à bon droit nous enseigne
Qu'une chose appartient à l'un ou l'autre règne,
Et ces règnes sont trois : le premier, minéral;
Le second, végétal; le troisième, animal.
Nous avons, cher lecteur, le commun avantage
D'être de ce dernier; mais d'un pareil partage
Votre orgueil, franchement, se sent-il bien flatté?
Vous êtes une bête à perpétuité.
Qu'y faire? Écoutez-moi. Tout au fond de ma tête
Est éclos un moyen de supprimer la bête,

Par un beau classement qu'ici je vous soumets,
Et qui de la science affronte les arrêts,
Nous aurons la nature en deux lots séparés :
La chose pondérable et la chose éthérée.
Comprenez-vous, lecteur? et n'admirez-vous pas
Cette division qui nous sort d'embarras?
L'animal disparait. Désormais une chose
Pèse ou ne pèse pas. Mais faisons une pause;
Cette conception, sortant de mon cerveau,
Laisse ma tête vide et me met tout en eau.

Cette chose qui pèse est d'inerte nature,
Et, lorsqu'il la créa, l'auteur de la nature
Dans sa divine main en constata le poids,
Et ce poids est encor ce qu'il fut autrefois.
Mais si son étendue est incommensurable,
Alors qu'elle apparut, c'était un grain de sable (18)
Formant un corps uni, dans sa cohésion,
Par cet appel secret qu'on nomme attraction.
Lorsque Dieu du néant eut tiré la matière,
Il voulut l'éclairer d'un rayon de lumière,
L'essence lumineuse à sa voix accourut :
Dieu fit vibrer l'éther, et la lumière fut (19).
Son œuvre, cependant, n'était pas accomplie;
La matière insensible était encor sans vie.
Soit, dit-il, la chaleur; soit l'électricité,
Et le sublime tout fut ainsi complété.
Mais à peine a paru la substance légère,
Que l'on voit en tout sens s'étendre la matière;
Ses atomes unis, l'un l'autre se pressant,
S'écartent, pénétrés d'un feu toujours croissant.
Leur instinct attractif vainement les protège;
La matière excédée enfin se désagrège,

Et se liquéfiant... — Blagueur, à quel propos
Nous viens-tu faire ici remonter au chaos?
De comprendre l'hébreu nul de nous ne se pique.
Dis-nous ce que devient l'acide carbonique.
— J'y suis; mais permettez une observation :
D'honorables témoins de la création
Ont suivi ce chemin pour arriver à l'herbe.
Je passe à ces messieurs votre semon acerbe;
Mais voulant ménager et la chèvre et le chou,
Entr'eux et vous, lecteur, je tire le verrou.
J'admets spontanément la nature formée.
Comme nous une plante a soif, est affamée.
Sans moyen de transport, ne pouvant faire un pas,
La pauvrette est, sans doute, en un grand embarras?
Détrompez-vous, lecteur; pour manger et pour boire
Elle enferme en son sein tout un laboratoire,
Et ce pain qui pour vous n'est jamais apprêté,
Vient s'offrir de lui-même à son avidité.

D'où vient donc que ma muse, aujourd'hui si ronflante,
Ne trouve d'autre accord pour célébrer la plante,
Qu'un triste cri de plainte et de dénigrement?
Est-ce ainsi que l'on paie un noble dévoûment?
Comme nous, lui dit-on, et tu bois et tu manges;
Les dons que tu nous fais, ne sont que des échanges.
Mais s'il en est ainsi, recherchons qui des deux
Est le moins égoïste ou le plus généreux.
L'air est indispensable à tout être organique;
Mais tous se passeront d'acide carbonique,
Cet affreux résidu d'un air décomposé
Et qu'à respirer pur nul ne s'est avisé.
Voilà le beau présent dont la race animale
Gratifie au grand jour l'espèce végétale.

En échange voyons ce que les végétaux
Vont généreusement offrir aux animaux.
Quand du gaz malfaisant la plante est entourée,
Cette abjecte substance est par elle aspirée,
Et, pour la recueillir, s'ouvre mille conduits
Qu'à dessein la nature a pour elle construits.
Le soleil, cependant, de son feu tutélaire
Vient stimuler la plante et l'échauffe et l'éclaire,
Et ce travail secret va bientôt transformer
L'air impur en un gaz qui doit tout animer.
Du mélange mortel renaitra l'oxygène;
Et, pour juste salaire et prix de tant de peine,
La plante recevra, par un bon compromis,
L'excédant du carbone à notre sang promis (20).
Gaz, pour gaz, direz-vous, c'est toujours un échange.
J'en conviens; mais voyons qui des deux gagne au change.
La plante vous fournit pain, huile, vêtement;
Pour un grain qui l'engendre elle en reproduit cent.
En été, sur vos fronts elle étend son feuillage,
Et vous offre, en hiver, sa dépouille en partage.
Qu'aura-t-elle en retour de si nombreux présents?
Vos résidus infects, vos plus vils excréments.
Animaux, retirez une plainte insolente,
Et soyez plus discrets en parlant de la plante;
Car le jour où chez vous elle fera défaut,
Vous pouvez vous attendre à faire le grand saut.

IV.

Que disais-je? L'honneur de ce grand phénomène
Qui d'un air corrompu dégage l'oxygène,
Serait dû tout entier aux effets lumineux
De l'astre étincelant qui brille dans les cieux?

On ne le peut nier, la radieuse essence
Exerce sur la plante une utile influence,
Et, sans elle, jamais n'aurait pu s'accomplir
Le travail merveilleux qui nous vient ahurir.
Mais il restait à vaincre un trop puissant obstacle.
Pour produire à nos yeux cet éclatant miracle,
C'est peu de la chaleur unie à la clarté,
Le grand mobile ici, c'est l'*électricité*.
Dans cette occasion tout son pouvoir éclate.
Si la lumière attire et la chaleur dilate
Le gazeux aliment à la plante imposé,
Par elles l'air impur n'est pas décomposé.
Le carbone, on le sait, d'oxygène est avide,
Et lorsqu'il s'y combine et devient un acide,
Tous les feux du soleil, ensemble associés,
Ne sauraient désunir les deux gaz alliés (21).
C'est le tissu fatal aux épaules d'Hercule (21'),
Qui s'y frotte, s'y colle et s'y soude et s'y brûle;
En vain il se lamente et bêle comme un bouc,
Sa peau reste attachée au sanglant caoutchouc.
Quand le gaz nourricier à la plante se montre,
Le fluide électrique accourt à sa rencontre,
S'y plonge, le traverse (22), et, Phébus éclairant,
Arrache (22') l'oxygène au carbone adhérant,
Et le livre à l'azote au sein de l'atmosphère;
Tandis que le carbone, achevant sa carrière,
Ira, comme le ver prêt à changer de peau,
Se métamorphoser au fond de son tombeau.

Mais le ciel s'obscurcit; une onde bienfaisante
Vient, imbibant le sol, désaltérer la plante;
Elle en boit tout son soul, et ce breuvage frais
Lui parait préférable à nos vineux extraits.
Cependant, tout à coup, au travers du nuage
Un rayon réchauffant s'est ouvert un passage;

Le liquide épanché, dissout à la chaleur,
A bientôt rempli l'air d'une humide vapeur
Qui, légère, s'élève et va grossir la nue
Qu'une invisible main tient là-haut suspendue,
Et l'électricité qui lui prépare un tour,
La suit sournoisement au céleste séjour (23).
Du ballon vaporeux les creuses vésicules (24)
Echauffent au soleil leurs froides molécules;
L'aérostat se gonfle et, sous l'effort du vent,
La montagne flottante est poussée en avant.
Mais, au loin, s'échappant du sein de l'onde amère,
Un autre enfant des eaux arrive en sens contraire;
Les deux nuages vont bientôt se rencontrer;
Est-ce leur union qui se va consacrer?
Une secrète ardeur les pousse et les anime;
Vont ils chercher un frère ou bien une victime?
On dit qu'au fond des mers s'étant longtemps connus,
Ils sont, pour s'embrasser, l'un vers l'autre accourus.
Les voilà nez à nez. Que vois-je? on se menace,
On s'élance, on se heurte, on s'étreint, on s'enlace;
D'affreux rugissements font retentir les airs;
Le ciel, toujours plus sombre, est sillonné d'éclairs.
Mais les deux combattants ont assouvi leur rage :
Un dernier coup de foudre a dissipé l'orage,
Tels on voit sur les mers ces hauts remparts flottants
Qui portent le carnage et la mort dans leurs flancs;
A peine les grappins les ont-ils réunis,
Que déjà le courant emporte leurs débris.

N'est-il pas vrai, lecteur, qu'un sensible bien-être
Est venu, tout à coup, raviver tout notre être?
Et ne sentons-nous pas, lorsque nous respirons,
Qu'un air beaucoup plus pur entre dans nos poumons?
Vous avez reconnu l'auteur de ce prodige;
Donc à vous le nommer rien ici ne m'oblige;

Mais, dans la circonstance, il n'est hors de saison
D'expliquer d'un tel fait la secrète raison.
Le fluide électrique, à ce que l'on assure,
Est, dans son action, d'une double nature :
Il électrise un corps ou positivement,
Ou négativement, selon son agrément.
Mais l'agrément n'est pas pour ceux qu'il électrise,
Si l'un des deux courants l'autre ne neutralise ;
Car dans un même sens deux corps électrisés
Seront tout aussitôt l'un à l'autre opposés (23),
Et pis, dans leurs rapports, que chien et chat ensemble.
Mais que l'un des deux corps, que le hasard assemble,
Du contraire fluide ait endossé l'habit (25'),
C'est Maman et Papa couchés au même lit,
Qui se disent bon soir dans une douce étreinte
Que l'enfant ne voit pas, car la lampe est éteinte.
Voilà, convenez-en, un parallèle heureux
Entre le corps solide et l'élément aqueux
Pour expliquer le cas que je cherche à résoudre.
Tout s'y trouve décrit, hors l'éclat de la foudre.
Mais on me tiendra compte, en cette occasion,
De la difficulté d'une description
Qui toujours fut restée en dessous du modèle.
Notre faiblesse ici tristement se révèle :
Nos voix ont, dans le haut, quelques accents criards ;
Mais leurs notes du bas ne sont que des pétards.

V.

Avez-vous observé dans le cours d'une étude
Le secours que nous prête une similitude?
Se trouve-t-on à bout de valables raisons,
On y peut suppléer par des comparaisons

Dont un mot incident a fourni la matière;
A ces jeux de l'esprit on ne se gêne guère:
Vous y compareriez la truffe au haricot,
Que, pour vous applaudir, vous trouveriez un sot.
Sans perdre plus de temps, remontons dans la nue,
Ou plutôt recherchons ce qu'elle est devenue;
Car le ciel, par l'orage un instant obscurci,
S'est, par enchantement, tout à coup éclairci,
Et vainement nos yeux chercheraient dans l'espace
De nos deux combattants la fugitive trace.
De leur inimitié quel était le motif?
Ils avaient bu tous deux au courant *positif* (26).
Hélas! dès ce moment une haine cruelle
A banni de leur cœur l'amitié fraternelle,
Et lorsque le hasard les fait se rencontrer,
Ce sont deux tigres prêts à s'entre-déchirer,
Quand deux vents opposés les poussent en présence,
Que l'un nuage ainsi contre l'autre s'élance,
De rage et de fureur on les entend rugir;
De leurs flancs embrasés on voit le feu jaillir.
La terre s'est émue à cette atroce joute
Qui des cieux consternés semble ébranler la voûte.
Elle éprouve soudain d'affreux tiraillements
Qui la font tressaillir jusqu'en ses fondements.
Bientôt elle transpire; une moiteur humide
Qu'échauffe de son feu le négatif fluide,
S'élève, imperceptible, et monte dans les airs
S'offrir en holocauste aux sombres fils des mers.
Les frères ennemis ont reconnu la proie
Que, pour les appaiser, la Terre leur envoie.
Le résineux fluide est par eux attiré
Et s'unit frémissant au fluide vitré.
Mais pareille union avec bruit se contracte:
Au même instant la nue ouvre sa cataracte (27);
Tandis que dans les airs le gros canon rayé
Ne cesse son boucan qu'il n'ait tout balayé (28).

C'est lorsque, s'élevant vers les célestes plages,
Le fluide a quitté les terrestres parages,
Que, privé d'oxygène et d'électricité,
Notre sang dans son cours paraît s'être arrêté.
Ce n'est plus l'air vital, c'est le gaz carbonique
Qu'amène en nos poumons l'appareil pneumatique,
Et si dans ce moment on nous ouvrait le cœur,
Nous tomberions saisis l'épouvante et d'horreur.
Jamais sang plus épais, d'une teinte plus noire
N'eut à régénérer l'humain laboratoire;
Quelques instants encor de si mortels émois,
Notre pouls eût battu pour la dernière fois.
Mais l'orage a cessé; l'électricité libre
Des composants de l'air rétablit l'équilibre,
Et chacun s'aperçoit, ayant mieux digéré,
Que son dernier moment est encor différé.

C'est donc, en fin de compte, il le faut reconnaitre,
Par l'électricité que s'anime tout être;
Que tout, en ce bas monde, et le mal et le bien,
Se trouve réuni par un même lien.
Qui donc fait qu'un soldat, au jour de la bataille,
Affronte, sans pâlir, la flamme et la mitraille;
Ou, lâche, qui le fait, au seul bruit du canon,
Déserter ses couleurs et tourner le talon?
Qui fait que d'un grand cœur la suprême allégresse
Est de venir en aide à son frère en détresse;
Et qui fait que l'avare, insensible au malheur,
Met à thésauriser sa joie et son bonheur?
Le faut-il demander? C'est le secret fluide
Qui rend lâche ou vaillant, généreux ou cupide,
Selon que la nature a mis dans notre cœur
Le germe de la honte ou celui de l'honneur.
Le vautour, je le sais, alors qu'on l'apprivoise,
Se montre pour un temps d'humeur moins discourtoise;

Mais dans l'occasion il redevient vautour :
De l'électricité c'est le *choc en retour.* (29)
De même d'un brasseur qu'à bien vivre on sermonne,
On ne fera jamais une honnête personne :
Tous ses échantillons sortent du bon tonneau ;
Mais, à la fourniture, il y verse de l'eau.

VI.

O vous, qui m'écoutez, et que tant de merveilles
De toute leur hauteur font dresser les oreilles,
Souffrez que j'interrompe un entretien si doux
Pour vous dire combien je suis content de vous.
Mon sujet, je le vois, vous plait et vous captive ;
Vous en prisez surtout la partie instructive ;
Vos ébahissements à mes malins lazzis
Me font connaitre assez que vous m'avez compris ;
Qu'au fond de vos gosiers vous cachez une note
Qui, dans les beaux moments, vous forçant l'épiglotte,
D'un ah ! encourageant ou d'un bravo ! flatteur
Vient soutenir l'effort du courageux blagueur.
Je le dis hautement, sans vouloir qu'on m'encense,
Je n'attendais rien moins de votre patience,
Et suis d'autant plus fier du prix de mon discours,
Que l'on me garantit que vous n'êtes pas sourds.

Toutefois soyons francs : si, dans la conjoncture,
J'ai pris d'un faux savant les airs et la tournure,
Comme lui j'ai caché, sous un large bonnet,
La membrane auditive et le front d'un baudet.
Mais j'ai sur mon confrère un immense avantage :
Il puise sa science et son baragouinage
Dans de récents écrits d'un mérite suspect
Que le brasseur accueille avec peu de respect.
Moi, pour me garantir d'un docte subterfuge,
Et tout voir par mes yeux, je remonte au déluge,

Et, suivant au retour mille sentiers divers,
Je m'instruis en flânant et compose mes vers.
Quand un fait se présente ou que je le déniche,
Il passe en mon esprit sous forme d'hémistiche,
Et je deviens ainsi, comme on a pu le voir,
Un vrai puits de science et de brillant savoir.
Quelquefois, il est vrai, sur les pas de ma muse,
Courant et badinant, je m'égare et m'amuse,
Et si je veux alors lui conter mes amours,
Je perds incontinent le fil de mon discours.
De mon pauvre cerveau tout s'enfuit pêle-mêle;
Ma mémoire à ce point me devient infidèle,
Qu'ensemble, on me verrait, si j'étais marié,
Confondre ma voisine et ma chère moitié.
Hors ce cas tout fortuit, mon esprit est lucide;
Il conçoit sans effort et rien ne l'intimide.
Souvent, pour le surprendre, on lui tend un lacet;
Mais le tendeur lui-même est pris au trébuchet.
De trop d'entraînement on voit qu'il se préserve;
A toute heure, en tous lieux, il est sur la réserve.
Qu'un obscur inventeur ou quelque illuminé
Se targue d'un engin dans sa cervelle né,
Mon esprit soupçonneux se rejète en arrière,
Comme fait un vieux rat heurtant une ratière :
Il y pousse le nez, en flaire un peu l'appas;
Mais il a vu le piège, et mon gars ne mord pas.
Ainsi quand m'apparut la fameuse bouteille (39)
Qui du siècle dernier fut la grande merveille,
Le flacon s'est à peine à mes yeux présenté,
Je voulus découvrir qui l'avait inventé.
Je savais que partout la bruyante déesse
Publiait du héros et le nom et l'adresse,
Faisant croire aux benêts qu'elle tient sous le joug,
Que l'électrique amphore est due à Musschenbroeck.
Feignant à ce faux bruit d'accorder ma créance,
Dans le plus grand secret je médite une absence.

J'abandonne ma cuve aux soins de mon second
Dont le zèle discret a sa tâche répond.
Nouvel Agamemnon, je file pour l'Aulide,
Non pas pour y poursuivre une épouse perfide:
Les méfaits conjugaux ne me regardent pas;
Je ne connais ici Pâris ni Ménélas (31).
Mais, soit dit en passant, ce roi qui *va-t-en guerre*
Pour rendre à son époux une femme adultère,
A le sang un peu chaud: pour une belle-sœur
C'est montrer, entre nous, beaucoup trop de chaleur.
Les princes de nos jours, d'humeur un peu guerrière,
Ne se chamaillent plus pour pareille misère;
C'est pour une autre cause et pour d'autres raisons
Qu'on les voit ou refondre ou rayer leurs canons.
Silence! gardons-nous au fluide électrique
De venir, sans propos, mêler la politique;
Nous allons en Aulide et je dois expliquer
Le motif qui me pousse à vous y débarquer.

VII.

Nul d'érudition ne peut faire parade
S'il ne nous a prouvé qu'il a lu l'Iliade;
Car, parmi les savants, qui ne connaît le grec
Doit scolatisquement passer pour un blanc-bec.
C'est vous dire, lecteur, d'une habile manière,
Que nous lisons le grec et comprenons Homère (32);
Mais, voulant être franc, il me faut confesser
Qu'en ce vieux baragouin j'ai peine à converser.
Son alphabet, surtout, et m'irrite et m'agace;
Chaque lettre me hue ou me fait la grimace;
Et toutes, défilant, pour m'exciter les nerfs,
S'en vont à reculons ou marchent de travers.
A vouloir les grouper en vain je m'évertue;
Je succombe à la tâche et gagne la berlue

Quànd, pour les rassembler, par leurs noms les nommant,
L'une répond en russe et l'autre en allemand.
Pour m'aider à sortir de ce désordre extrême,
J'appelle à mon secours un adroit stratagème :
Au russe, à l'allemand ne pouvant me fier,
Je fais une visite à Madame Dacier (33).
La bonne femme, hélas! repose dans sa bière;
Mais ses livres, lecteur, sont demeurés sur terre;
Lisez-les, — tout libraire en conserve l'octroi, —
Et vous saurez le grec tout aussi bien que moi.
Or, voici par la voix de cette femme illustre
Que ses traductions montrent dans tout son lustre,
Ce que le grand poëte, en son style émouvant,
Nous raconte des grecs attendant le bon vent.
Ne me trompé-je pas? ma muse, trop pressée,
Au lieu de l'Iliade en main a l'Odyssée.
Soit; ces renseignements sont du même païen,
Et nous n'avons que faire au rivage troyen.
Contre ses ennemis courons défendre Ulysse,
Et par un coup d'éclat que ma blague finisse.
» En avant, a-t-il dit, et son généreux fils
» A tiré son grand sabre et froncé les sourcils;
» Laërte, d'un pas ferme et brandissant sa pique,
» Court sur Eupéïthès et rudement le pique;
(Homère dit au front; mais son traducteur croit
Que le coup fut reçu dans un tout autre endroit.
Enfin, peu nous importe, ou devant ou derrière,
Le vieux Eupéïthès en mordit la poussière.)
» A plus d'un Ithacien Télémaque, à son tour,
» Va rompre l'omoplate et dérober le jour,
» Quand du maître des dieux la voix se fait entendre :
» Misérables mutins, c'est assez vous pourfendre;
» Reconnaissez Ulysse et pour chef et pour roi,
» Et que chacun en paix s'en retourne chez soi.

6

» A ces mots, secouant son inculte perruque
» Qui lui couvre à la fois et le front et la nuque,
» Il répand dans les airs cette exécrable odeur
» Qui s'exhale des pieds quand ils sont en sueur.
» La barbe de Calchas est moins asphyxiante.
» Puis lançant, tout à coup, sa flamme foudroyante,
» Il met les combattants dans un tel desarroi,
» Que tous filent, saisis de stupeur et d'effroi (31).

Eh bien, que vous disais-je? A lire ce passage
Ne devinez-vous pas qui tient le monstre en cage,
Et, dans l'occasion, sait le faire rugir
Pour effrayer le peuple et le mieux contenir?
Voyez-vous maintenant sur quel fond d'espérance
Jupin avait assis ses projets de vengeance,
Alors qu'il promettait par des faits éclatants
De rétablir Saturne au trône des Titans?
Tout ici clairement à notre esprit s'explique :
Jupin est l'inventeur du flacon électrique,
Et c'est par cet engin, avec art employé,
Que l'Olympe fut pris et Titan foudroyé.
D'un peuple trop crédule exploitant l'ignorance,
Jupiter sut d'un dieu se donner l'apparence,
Dérobant aux regards de la postérité
L'appareil destructeur qu'il avait inventé.
Mais, comme tout pouvoir, fondé sur le mensonge,
Est lentement miné par un ver qui le ronge,
On vit un beau matin le temple des faux dieux
S'ébranler sur sa base et s'écrouler sur eux.
Ici-bas, dès ce jour, la vérité domine,
Chassant de nos esprits l'erreur sombre et chagrine,
Et le génie humain, longtemps emprisonné,
A repris son essor, n'étant plus enchaîné.
Au siècle où nous vivons, nul ne reste en arrière :
Le brasseur circonspect allonge moins sa bière;

Et le marchand de vin, à mieux faire excité,
N'admet plus dans sa cave aucun vin frelaté.
Le cheval, remplacé par la locomotive,
Se trouvant sans emploi, cherche la sombre rive,
Blessé dans son orgueil et dans sa dignité
De passer, avant l'âge, à l'inactivité.
Nos docteurs souffriront de cet état de choses;
Le lit qui les attend, n'est pas couvert de roses;
Mais, comme ils sont connus pour d'assez bons buveurs,
Ils pourront s'enrôler dans le corps des brasseurs.
Et quand viendra le jour de la grande bagarre,
Où l'ange entonnera sa terrible fanfare;
Lorsqu'au dernier moment le *Vanneur* souverain
Aura mis en deux tas l'ivraie et le bon grain;
Qu'entassant le blé pur dans sa grange céleste,
Aux flammes de l'enfer il jettera le reste....,
Dieu rappelle en son sein le fluide secret,
Et l'univers entier aussitôt disparait.
Comme on voit dans la nuit un brillant météore
Epandre ses rayons du couchant à l'aurore,
Et, perdant tout à coup cette vive clarté,
S'évanouir dans l'ombre et dans l'immensité.

FIN.

NOTES DE LA PREMIÈRE PARTIE.

(1) Les esprits angeliques sont distribués par les théologiens en trois hiérarchies, et chaque hiérarchie en trois *ordres* ou *chœurs.*

(2) Les pères des premiers siècles ne sont pas d'accord sur la nature des *anges.* Quelques uns d'entr'eux, comme Tertullien, Origène, St-Clément d'Alexandrie, ont cru que les anges étaient toujours revêtus d'un corps très-subtil. Les autres, en plus grand nombre, ont regardé les anges comme des êtres purement spirituels. C'est l'opinion qui a prévalu dans l'Eglise chrétienne, où l'on sait bien que les anges se sont montrés quelquefois revêtus d'une apparence de corps, mais où l'on croit qu'ils sont d'une nature toute spirituelle.

LABOUDERIE.

(3) L'ancienne tradition considérait *Hénoch* comme le premier auteur et lui attribuait plusieurs ouvrages, parmi lesquels elle distinguait tout particulièrement le fameux *Livre d'Hénoch.* Ce livre était connu et fort estimé du temps de Jésus-Christ, comme le prouve un passage de St. Jude (Ep. vers. 11 et 15), où l'auteur de cette épître s'adresse à des personnes qui en admettaient même l'inspiration divine. Plusieurs pères de l'Eglise font mention de cet écrit, et Tertullien qui en parle dans différents passages de ses ouvrages, attribue au Saint-Esprit les prophéties qui y sont contenues; St. Jérôme le compte parmi les saintes écritures, quoiqu'il le nomme apocryphe; St. Augustin, au contraire, tout en attribuant à Hénoch de véritables prophéties, *parce que l'épître de St.-Jude le dit,* nie cependant formellement l'authenticité de ce livre.

TH. FRITZ.

(4) Mathusala et non Mathusalem, comme le peuple et les bonnes femmes l'appellent ordinairement, est un des patriarches dont fait mention la Génèse au chapitre 5. — Fils d'Hénoch et de la race de Seth, il naquit l'an du monde 687. Lorsqu'il eut atteint l'âge de 187 ans, il engendra Lamech, l'an 874, et mourut l'an 1656, âgé de 969 ans.

DENNE (Baron).

(5) En 1773, le voyageur anglais *Bruce* apporta en Europe trois exemplaires de la version éthiopienne du livre d'Hénoch. Avant Bruce on n'avait que des fragments réunis par Fabricius.

Th. FRITZ.

(6) Le nom de *Glèbre* s'applique particulièrement aux adorateurs du feu, sectateurs de Zoroastre. On les appelle aussi *Parsis* parce qu'ils sont originaires du Fars ou Farsistan. Dans les Indes ils sont fort nombreux; ils y habitent les bords du Sind et le Guzzerat; mais leur véritable patrie est *Bombay* où ils vivent sous la protection des anglais.

Dict. de la conversation.

(7) Les recherches modernes ont établi avec beaucoup de vraisemblance qu'Hénoch qui se sert de préférence du feu comme symbole, paraît avoir vécu

au milieu de Sabéens ou de Ghèbres dans les environs du *Pont-Euxin* ; mais les brasseurs qui sont, en général, fort routiniers et entichés des anciennes traditions, continuent à considérer *Bombay* comme le lieu où l'illustre patriarche établit sa résidence et écrivit ses ouvrages.

(8) Il est dit dans la Génèse (V. 24) qu'après avoir vécu dans la crainte de Dieu, Hénoch fut enlevé, et qu'*il ne fut plus* (sur la terre). En ne se servant pas de l'expression *il mourut*, l'auteur semble dire qu'Hénoch ne mourut pas comme les autres hommes, mais qu'il passa immédiatement dans une meilleure vie, comme Élie (2 Rois, II, 3, suiv.).

Th. FRITZ.

(9) Voici le curieux passage du livre d'Hénoch, auquel il est fait allusion :

» Le nombre des hommes s'étant prodigieusement accru, ils eurent de très
» belles filles ; les anges, les brillants, *egregori*, en devinrent amoureux et furent
» entraînés dans beaucoup d'erreurs. Ils s'animèrent entr'eux, ils se dirent :
» choisissons des femmes parmi les filles des hommes de la terre. *Sémiazas*, leur
» prince, dit : je crains que vous n'osiez pas accomplir un tel dessein et que je ne
» demeure chargé du crime. Tous répondirent : faisons serment d'exécuter notre
» dessein et dévouons-nous à l'anathème si nous y manquons. Ils s'unirent donc
» par serment et firent des imprécations. Ils étaient au nombre de deux cents. Ils
» partirent ensemble du temps de Jared et allèrent sur la montagne appelée
» *Hermonien*, à cause de leur serment. Ils prirent des femmes l'an 1170 de la
» création du monde. De ce commerce naquirent trois genres d'hommes etc. »
Voir le poëme de Thomas Moore sur l'amour des Anges.

LABOUDERIE.

(10) Saturne, fils d'Uranus et de Vesta ou du Ciel et de la Terre, époux de Rhéa dont il eut trois fils, Jupiter, Neptune et Pluton et une fille Junon, sœur jumelle et épouse de Jupiter. Titan, ayant cédé à Saturne, son frère, son droit d'aînesse, mais à condition que celui ci n'élèverait aucun enfant mâle, Saturne dévorait les fils que Rhéa mettait au monde, aussitôt qu'ils étaient nés. Son épouse ayant eu d'une seule couche Jupiter et Junon, ne montra que Junon et cacha Jupiter qu'elle fit nourrir à l'insu de son père. Titan en fut informé et déclara la guerre à son frère qui refusait de lui rendre l'empire du monde. Saturne fut vaincu et jeté dans les fers ; mais Jupiter, devenu grand, tira son père de prison et le rétablit sur le trône.

Gradus français
par L. J. CARPENTIER.

(11) Cybèle, femme de Saturne, appelée autrement Ops, Rhéa, Vesta, Tellus, la bonne mère, la mère des dieux, etc., comme étant mère de Jupiter, de Junon de Neptune, de Pluton et de la plupart des dieux du 1er ordre.

Noël, *Dictionnaire de la Fable.*

(12) Persée, fils naturel de Philippe, roi de Macédoine, an 173.

(13) La vallée du Tempé que les poètes anciens ont tant célébrée, occupait le nord-est de la Thessalie, entre les monts Olympe et Ossa. Le fleuve Pénée la traversait non loin de son embouchure. De toutes les localités de la Grèce, ce pays, si riche et si beau, c'était celle qui, sous le rapport de la douceur, de la pureté du climat et de la beauté des sites, réunissait les conditions les plus propres à sourire à l'imagination d'un poète. C'est ce que Virgile, Ovide et tant d'autres ont voulu rendre en l'appelant simplement Tempée ; (Tempea) qui ne signifie que vallée, comme si l'on disait *vallée par excellence*.

Dictionnaire de la conversation.

(14) Petite ville située sur les bords et près de l'embouchure du Pénée.

(15) Les anciens donnaient à toute l'étendue des mers que nous appelons *Archipel*, diverses dénominations ; ils appelaient mer *Egée* la partie septentrionale, à partir du cap Colonne ; la mer *Icarienne* était la partie qui s'étendait au Sud-Ouest de l'île qui avait également emprunté son nom au fils de Dédale et qui est aujourd'hui Nicaria ; sur les côtes du Péloponèse elle prenait la dénomination de mer de *Myrthos* ; enfin la mer de *Crète* était comprise entre cette île et les Cyclades.

P. A. Dufau.

(16) Eubée, île de la mer Egée, située à l'est de l'Attique et de la Béotie ; aujourd'hui elle porte le nom de Négrepont.

(17) Le Péloponèse (aujourd'hui Morée) est situé entre les 36° et 38° de lat. N.; et 19° et 21° de long. or.

(18) Les Cyclades sont un groupe d'îles comprises entre l'Eubée et l'Attique au nord, le Péloponèse à l'ouest, l'île de Crète au sud.

(19) Cythère, aujourd'hui Cérigo, est une île de l'Archipel, au sud-est du Péloponèse, au nord-ouest de Crète et au sud du promontoire Malée.

(20) Crète, grande île de la Méditerranée, aujourd'hui Candie. Elle est traversée dans sa longueur par une chaîne de montagnes dont le nœud, presqu'au milieu de l'île, est le célèbre mont Ida, berceau de Jupiter.

A. Lagarde.

(21) La vallée de Gortyne ou de Massara s'étend de l'est à l'ouest, au sud de l'Ida.

NOTES DE LA DEUXIÈME PARTIE.

(1) Malgré les nombreux travaux dont l'électricité a été l'objet, on ne connaît point l'origine et la nature de cet agent. Sa présence se manifeste par des attractions et des répulsions, par des apparences lumineuses, par des commotions violentes, par des décompositions chimiques et par un grand nombre d'autres phénomènes. Les causes qui développent de l'électricité sont le frottement, la pression, les actions chimiques, la chaleur, le magnétisme et l'électricité elle-même.

A. Ganot.

(2) L'air est un fluide *composé*, car l'analyse y découvre trois principes élémentaires que les chimistes nomment *gaz* ; savoir l'*azote* qui entre pour plus des trois quarts dans la composition de l'air ; l'*oxygène* pour un peu moins d'un quart et le gaz *acide carbonique* pour un centième. Le premier suffoque tout être animé quand il est respiré sans mélange ; le second, seul, serait trop respirable et userait rapidement nos organes ; le troisième sert de *lien* aux deux premiers, et la réunion de ces trois gaz forme un fluide respirable et nécessaire à l'existence.

La physique popularisée.

L'air est composé d'oxygène, d'azote, d'acide carbonique et de vapeur aqueuse. La quantité de vapeur aqueuse dans un espace donné varie de 1,5 à 3,5 de la quantité nécessaire pour saturer le même espace, à la température où se trouve l'air. L'acide carbonique constitue 4 ou 5 dix-millièmes de l'air en volume ; on voit que l'azote et l'oxygène peuvent être regardés comme les seuls éléments de de l'air ; le premier en forme les 79/100 et le second, les 21/100.

MEISSAS.

(3) Un animal vivant qu'on enferme dans une atmosphère d'*oxygène* pur, ne meurt pas immédiatement, ainsi que cela arriverait, s'il était placé dans tout autre gaz, l'air excepté ; loin de là. Si son séjour dans l'oxygène n'est pas trop prolongé, il vivra quatre fois plus longtemps dans ce gaz que dans un égal volume d'air atmosphérique ; de là, le nom d'*air vital* qu'on avait dans le principe donné à l'oxygène. Quand ensuite on vient à retirer l'animal de cette atmosphère, on trouve son sang beaucoup plus rouge que d'habitude et ses poumons témoignent d'un état d'inflammation marqué. Si le séjour dans l'oxygène est prolongé au-delà d'un certain temps, l'animal succombe, ses organes étant habitués à ne recevoir que de l'oxygène mélangé avec une grande quantité d'azote, laquelle mitige dans l'air les propriétés trop actives de l'oxygène pur. L'animal succombe parce qu'il a vécu trop vite ; de même qu'une chaudière à vapeur éclate parce qu'on lui fait produire, dans un temps donné, une quantité de vapeur plus considérable que celle que ses dimensions lui permettent de fournir.

E. PÉLIGOT.

(4) L'*azote* est impropre à entretenir la vie et la combustion, quoiqu'il n'ait aucune propriété nuisible : les animaux qu'on y plonge y périssent comme ils périraient dans le vide.

LEGRAND.

(5) Ces deux gaz n'ont point d'affinité l'un pour l'autre, et se trouvent dans l'atmosphère à l'état de simple mélange.

(6) Le *larynx*, organe de la voix chez les vertébrés, est situé chez l'homme à la partie supérieure du canal aérien, à la partie antérieure du cou, au devant de l'œsophage et presqu'immédiatement sous la peau. Le larynx, à proprement parler, est un tube cartilagineux et membraneux, dont l'ouverture supérieure, la glotte, se trouve dans la gorge et est recouverte par l'épiglotte.

F. RATIER.

(7) La *trachée-artère*, nom improprement donné à la première partie du conduit aérien, commence au larynx et se continue le long du cou, au devant des vertèbres cervicales jusqu'à vis-à-vis le sternum, où il se divise en deux branches secondaires, nommées *bronches*.

C. SAUCEROTTE.

(8) Les *poumons*, au nombre de deux, sont situés dans la cavité de la poitrine pour y accomplir les phénomènes essentiels de la respiration, fonction qui a pour objet important de convertir le sang veineux en sang artériel. Cette transformation s'effectue de la manière suivante : le sang veineux porté dans les poumons par l'artère pulmonaire cède son excès d'hydrogène carboné à l'air contenu dans les vésicules aériennes et lui emprunte une portion à peu près égale d'oxygène. Par suite de cette double opération chimique, le sang veineux perd sa couleur noire, et acquiert en s'artérialisant une couleur rouge vermeille. Redevenu propre à la nutrition et à la calorification, ce sang artériel est ramené

au cœur par les veines pulmonaires pour reprendre ensuite le cours de la circulation générale.

L. LABAT.

(9) Pour les lecteurs qui ne sont pas initiés aux opérations de la brasserie, quelques explications sont ici nécessaires.

Dans la fabrication des bières on n'emploie généralement que des grains qui ont subi une germination plus ou moins avancée. Le grain *germé* prend le nom de *malt*.

Voici en peu de mots les manipulations qu'on fait subir au grain pour le transformer en malt.

On *trempe* d'abord le grain, afin de le pénétrer d'eau dans toutes ses parties. On le dispose ensuite sur un *germoir* et on l'abandonne ainsi à lui-même jusqu'à ce qu'il se soit échauffé d'une manière sensible. Alors on l'étale en couches d'une certaine épaisseur selon l'état calorifique du germoir. Bientôt se montre au bout de chaque grain et surtout à ceux qui se trouvent dans l'épaisseur de la couche, un petit point blanc qui est l'indice d'un commencement de germination. A cette époque il est important de retourner le grain de manière à ce que celui qui se trouve à la surface de la couche revienne par dessous; et c'est ce qu'on obtient en changeant le grain de place. Cette opération a pour but de régulariser la chaleur dans toute la masse.

Le tas ainsi retourné, le point blanc observé sort du grain et présente des fibres déliées qui ne sont rien autre chose que la naissance des radicules (*radicelles*) de la plante.

En même temps que ces fibres s'allongent, se développe la plumule qui doit fournir la tige de la plante et lorsque cette plumule possède une longueur de la moitié aux trois quarts de celle du grain, la germination est arrivée à sa dernière période et il importe de l'arrêter.

D'après divers auteurs.

(10) A certaine période de la germination, le grain devient humide; c'est ce qu'on appelle le *ressuage* du grain.

(11)   Perte d'environ 1 1,2 p. % par le mouillage,

             «   «   3   «   par la germination.

        —————

        total 4 1,2 p. % de perte qu'a subie le grain au moment de passer du germoir à la touraille.

Thomson (Annales de chimie et de physique, 1817)
Moniteur de la Brasserie. Bruxelles 1861.

(12) L'acide carbonique est formé de carbone et d'un volume d'oxygène égal au sien.

(13) Boussingault a trouvé que le poids du carbone qui s'est séparé sous forme d'acide carbonique pendant la germination, est toujours moindre que la perte que les semences ont subie dans la germination, et il attribue en partie ce fait à ce que la semence perd de l'oxyde de carbone qui est transformé en acide carbonique par l'oxygène de l'air.

G. J. MULDER.

(14) L'*estomac* est une espèce de poche où les aliments subissent d'abord une modification fondamentale; de là, ils passent dans l'*intestin grêle*, où leur transformation se continue.

M. DESPLATS.

(11) Le *chyle* est ce fluide naturel des animaux chargé de renouveler la masse du sang et d'entretenir ainsi la vie. C'est l'un des produits en lequel, dans la fonction animale, se résout le *chyme*, substance pultacée, résultant de la dissolution des aliments dans l'estomac.

La *lymphe* est un fluide qui, de même que le chyle, contribue à l'entretien et au renouvellement du sang. Mais elle ne figure là qu'en seconde ligne; il semble que la nature ait en vue d'utiliser un résidu en le mêlant au chyle et au sang. Poussée par la circulation dans les organes secreteurs, la lymphe leur fournit les matériaux qu'ils éliminent sous diverses formes. Quelques physiologistes pensent que la lymphe est un liquide plus animalisé que le chyle et qui doit être considéré comme un fluide de composition.

CAVELET DE BEAUMONT.

(15) La *bile* est une humeur secretée du sang dans le foie et reçue dans un organe particulier appelé le vésicule du fiel, d'où elle s'épanche ensuite dans le *duodénum*, portion du canal digestif qui succède immédiatement à l'estomac chez les animaux supérieurs et dans lequel s'accomplit la conversion du *chyme en chyle*. Le duodénum communique avec l'estomac par le *pylore* (orifice valvulaire destiné à laisser passer les aliments à mesure qu'ils sont suffisamment digérés par l'estomac) et se continue par son autre extrémité avec l'*intestin grêle*.

G. RATIER.

(16) Le *cœur* est un gros muscle dont la forme est connue de tout le monde, et qui se compose de quatre cavités qui sont les deux *oreillettes* et les deux *ventricules*. Les premières reçoivent le sang apporté par les veines et le dégorgent dans les ventricules; ceux-ci, par un effet de dilatation et de contraction successives, poussent le sang dans d'autres canaux, qu'on nomme les *artères*, et qui servent à sa distribution générale dans tout le système. C'est ce mouvement d'impulsion qui produit ce qu'on appelle les battements du cœur.

M. DESDOUITS.

(17) Le passage du jour à la nuit ou de la nuit au jour fait naître, dans un grand nombre de plantes, des mouvements remarquables des feuilles et des fleurs, phénomènes connus sous le nom de *sommeil* et de *veille* des plantes. L'influence de la lumière est ici si sensible qu'aussitôt que le soleil apparait sur l'horizon, les plantes dormeuses se réveillent et ouvrent leurs feuilles et leurs pétales.

A. GANOT.

(18) Si l'on supprime le calorique qui empêche les atomes des corps à céder à l'action moléculaire, ceux-ci se rapprocheront de telle sorte, que le volume des corps et leurs propriétés seront totalement changés. On ne sait même quelle limite on pourrait assigner à cette réduction, et il serait impossible de prouver que l'univers tout entier ne se réduirait pas au volume d'un *grain de sable*.

M. DESDOUITS.

(19) Pour expliquer l'origine de la lumière, on a adopté les mêmes hypothèses que pour la chaleur; celle de l'*émission* et celle des *ondulations*. Dans cette dernière théorie qui est généralement admise depuis les travaux de *Fresnel*, on admet que les molécules des corps lumineux sont animées d'un mouvement vibratoire infiniment rapide qui se communique à un fluide éminemment subtil et élastique répandu dans tout l'univers, qu'on nomme éther; et qu'un ébranlement en un point quelconque de l'éther se propage dans tous les sens sous la

7

forme d'ondes sphériques lumineuses, de la même manière que le son est propagé dans l'air par les ondes sonores.

A. GANOT.

(20) C'est sous l'influence des rayons solaires que les parties vertes des plantes acquièrent la propriété d'absorber l'acide carbonique de l'air, de s'en assimiler le carbone et d'exhaler de l'oxygène presque pur.

Le même.

(21) La chaleur est sans action sur le gaz acide carbonique. L'étincelle électrique lui fait éprouver une décomposition partielle.

M. A. CANOURS.

(11'). Voir au 15e livre des Aventures de Télémaque, (édition en 24 livres), l'histoire tragique de la mort d'Hercule.

(22) A l'état dynamique ou en mouvement, l'électricité traverse les corps sous forme de courant.

A. GANOT.

(22') L'électricité arrache et enlève des particules de la substance qu'elle traverse et les emporte en fuyant.

CHARLES GODARD.
Moniteur de la Brasserie. (Bruxelles, 29 Juin 1862.)

(23) On a cherché à expliquer par différentes hypothèses l'origine de l'électricité atmosphérique. Les uns l'ont attribuée au frottement de l'air contre le sol, d'autres à la végétation des plantes, à l'évaporation de l'eau. Quelques-uns ont aussi comparé la terre à une vaste pile voltaïque, d'autres à un appareil thermo-électrique. Plusieurs de ces causes peuvent, en effet, concourir au phénomène; mais une seule a été bien constatée, c'est l'évaporation de l'eau à la surface du sol.

A. GANOT.

(24) Les nuages sont des amas de vapeur à l'état *vésiculaire.* Pour en expliquer la suspension dans l'atmosphère, on a comparé les vésicules dont ils sont formés à autant de petits ballons pleins d'un air plus chaud que l'air ambiant par un effet d'absorption de la chaleur solaire.

Le même.

(24') Pour expliquer les effets contraires que présente l'électricité à l'état d'électricité *vitrée* ou *positive* et à celui d'électricité *résineuse* ou *négative,* Symner, physicien anglais, a admis deux *fluides* électriques, chacun agissant par répulsion sur lui-même et par attraction sur l'autre. Selon ce physicien, ces fluides existent dans tous les corps à l'état de combinaison formant ce qu'on nomme le *fluide* *neutre* ou le *fluide naturel.* Différentes causes, qui sont surtout le frottement et les actions chimiques, peuvent les séparer, et c'est alors qu'apparaissent les phénomènes électriques; mais ces fluides ont une grande tendance à se réunir pour former de nouveau le fluide neutre.

L'hypothèse des deux espèces d'électricité admise les effets d'attraction et de répulsion que présentent les corps électrisés se résument dans l'énoncé du principe suivant, qui sert de base à la théorie de tous les phénomènes que nous offre l'électricité statique :

Deux corps chargés de la même électricité se repoussent et deux corps chargés d'électricité contraire s'attirent.

Le même.

(25) A l'état statique ou en repos l'électricité s'accumule à la surface des corps et s'y maintient en équilibre à un état de *tension* qui se manifeste par des attractions et par des étincelles.

Le même.

(26) M. Pouillet a reconnu que si l'eau est distillée, l'évaporation ne donne jamais lieu à un dégagement d'électricité ; mais si l'eau tient en dissolution un alcali ou un sel, même en petite quantité, la vapeur est électrisée positivement et la dissolution négativement. On conçoit dès lors que les eaux qui se trouvent *à la surface du sol* et *dans les mers,* contenant toujours en dissolution des matières salines, les vapeurs qui s'en dégagent doivent être électrisées *positivement* et le *sol négativement.*

Peltier s'est assuré, à l'aide du *multiplicateur,* que l'électricité du sol est constamment négative, mais à des degrés différents, suivant l'état hygrométrique et la température de l'air.

Le même.

(27) L'électricité, quittant le nuage où elle était concentrée, permet aux molécules d'eau qu'elle tenait séparées de se réunir ; et les gouttes devenues plus grosses tombent par l'effet de leur pesanteur.

La physique popularisée.

(28) La formation des orages et des phénomènes qui les accompagnent ont beaucoup exercé la sagacité des physiciens ; et cependant, malgré leurs efforts multipliés, nous n'avons à cet égard que des notions incomplètes. On sait que le calorique et l'électricité sont les principaux agents de ces redoutables météores ; que l'eau et l'air en fournissent la matière ; mais dans quelle proportion et de quelle manière ces divers éléments contribuent-ils aux effets produits ? Voilà ce que, jusqu'à présent, personne n'a encore déterminé avec précision.

Dict. de la conversation.

(29) *Le choc en retour* est une commotion violente et même mortelle que ressentent parfois les hommes et les animaux à une assez grande distance du lieu où la foudre éclate. Ce phénomène a pour cause l'action par influence que le nuage orageux exerce sur tous les corps placés dans sa sphère d'activité. Ces corps se trouvent alors, ainsi que le sol, chargés d'électricité contraire à celle du nuage ; mais celui-ci se décharge par la recomposition de son électricité avec celle du sol ; immédiatement l'influence cesse, et les corps revenant brusquement de l'état électrique à l'état neutre, il en résulte la secousse qui caractérise le choc en retour.

A. GANOT.

(30) *La bouteille de Leyde,* ainsi nommée du nom de la ville où elle fut inventée, est due au hollandais Musschenbroeck (les uns disent Cunéus, son élève) qui la découvrit par hasard en 1746.

Le même.

Cette bouteille étant chargée d'électricité et placée sur un isoloir, on aura un bocal qui donnera une forte commotion si, pendant que l'une des mains est placée sur la surface extérieure, on touche avec l'autre la surface intérieure. Quant à cette commotion, elle résulte de ce que la réunion des deux électricités, réunion qui s'accompagne toujours de phénomènes plus ou moins violents, s'opère au milieu de nos organes ; et cette réunion peut produire des accidents graves si les deux électricités sont dans des proportions considérables, condition qu'on peut obtenir en donnant à la bouteille de Leyde une grande surface ou en en réunissant un grand nombre. De cette manière on peut accumuler des quantités d'électricité assez grandes pour produire des étincelles qui percent des corps résistants, qui enflamment des corps combustibles et donnent la mort même à un bœuf.

A. LEGRAND.

(31) Pâris était fils de Priam, roi de Troie. Envoyé en Grèce pour y recueillir la succession d'Hésione, sa tante, il aborda chez Ménélas, roi de Sparte, et conçut bientôt une vive passion pour Hélène, épouse de ce dernier. Il enleva cette princesse et la conduisit à Troie, ce qui souleva contre cette ville tous les princes de la Grèce. Agamemnon, roi de Mycènes et d'Argos et frère de Ménélas, fut nommé chef de l'armée grecque qu'il rassembla dans la baie d'Aulis ou d'Aulide. La flotte, dont le départ fut longtemps retardé par des vents contraires, arriva enfin devant Troie. Pendant le siége long et désastreux de cette ville, Agamemnon se distingua toujours des autres princes et se montra digne de son rang dans les conseils et sur le champ de bataille. Sa querelle avec Achille est le fond de toute l'*Iliade*.

Dict. Mythologique.

(32) Homère, le plus célèbre des poëtes de l'antiquité classique. Il nous reste de lui deux poèmes qui passent pour des chefs-d'œuvre ; l'un sur la guerre de Troie, nommé l'*Iliade*, et l'autre sur les aventures d'Ulysse, nommé l'*Odyssée*.

(33) Cette femme célèbre nous a laissé une foule de traductions d'auteurs grecs, notamment celle de l'Iliade et de l'Odyssée.

(34) Voir la fin du 24e et dernier livre de l'Odyssée.

Contraste insuffisant

NF Z 43-120-14

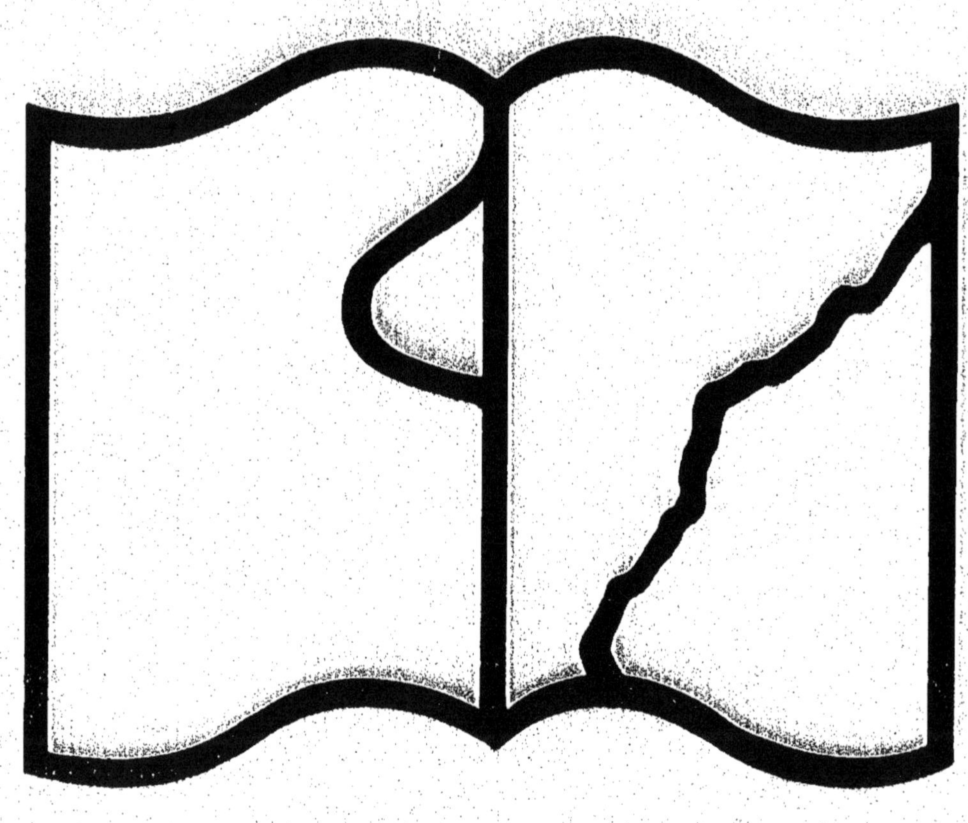

Texte détérioré — reliure défectueuse

NF Z 43-120-11